Flávia Farhat

OS SONHOS DOS OUTROS

exemplar nº 057

Curitiba-PR
2025

projeto gráfico **Frede Tizzot**

revisão **Raquel Moraes**

encadernação **Lab. Gráfico Arte & Letra**

projeto gráfico das capas da coleção **Juliano Fogaça**

© Editora Arte e Letra, 2025

F 223
Farhat, Flávia
Os sonhos dos outros / Flávia Farhat. – Curitiba : Arte &
Letra, 2025.

40 p.

ISBN 978-65-87603-96-4

1. Contos brasileiros   I. Título

CDD   869.93

Índice para catálogo sistemático:
1. Contos: Literatura brasileira   869.93
Catalogação na Fonte
Bibliotecária responsável: Ana Lúcia Merege - CRB-7 4667

ARTE & LETRA
Curitiba - PR - Brasil
Fone: (41) 3223-5302
www.arteeletra.com.br - contato@arteeletra.com.br

OS SONHOS DOS OUTROS

ROXOS ROSAS VERDES

Carregava com ela as modas do século passado.

Desde pequena portava-se como senhora, ocupando as tardes da infância na janela a vigiar os vizinhos e alimentar os pássaros. Tinha as pontas dos cabelos naturalmente curvadas para fora e dizia de improviso coisas como a ignorância é a mãe de todas as doenças; isso aos oito, e cada um sabe onde aperta o sapato; isso aos dez; ou seja, aborrecia toda a gente.

Chamava-se, é claro, Carlota.

Na escola dirigiam-se a ela com reserva: as crianças não a compreendiam e os adultos preferiam evitá-la. E nem só pelas modas de velha é que não agradava. Tinha consigo uns ares de quem entende das coisas que ninguém sabe e de quem estranha as coisas que todos conhecem. Podia calcular a idade das aves só de olhar para elas e antecipar o horário das chuvas ainda antes que se erguesse vento, mas confundia os meses do ano e formava frases com palavras trocadas. Às vezes dizia: a injustiça em qualquer lugar é uma ameaça à justiça por toda a parte; para depois dizer: somos eu lagosta vermelha.

Assim era Carlota.

Um dia perguntou à mãe: como é que cada um sabe o que sente? Era domingo e o céu se estirava sem pássaros. A mãe, distraída, respondeu com verdade: são as sereias que nos sussurram aos pés do ouvido.

Ninguém nunca tinha sussurrado nada a Carlota. De sua sereia chegava só o silêncio. Talvez fosse por isso que as coisas que ela sentia eram sempre sem nome; ou talvez tivessem todas um nome, e ela é que não soubesse quais eram. Um rasgo no abdômen às vezes era saudade. Um rasgo no abdômen às vezes era medo. Um rasgo no abdômen podia ser absolutamente nada, e podia ser a mistura de todas as coisas, e podia ser a saudade do medo. Carlota sentia tudo, e tudo lhe parecia o mesmo, e nem a saudade e nem o medo causavam nela qualquer diferença.

Era daquelas coisas que Carlota não entendia.

No aniversário, ganhou da mãe um anel barato feito de um cristal líquido que mudava de cor. Cada cor uma emoção, a mãe disse assim: azul claro para relaxada. Azul escuro para divertida. Amarelo para indecisa. Verde para apaixonada. E seguia por aí. Se o anel ficasse preto, ouviu Carlota com atenção, era porque algo nela corroía-se em culpa.

Foi um presente acertado, e Carlota ficou a pensar que a sereia da mãe era mesmo boa, porque, além de lhe sussurrar sentimentos, sussurrava também os desejos dos outros. Usou o anel no dedo indicador dos onze anos aos quinze, e depois no mindinho dos quinze aos vinte. Depois dos vinte, mandou fazer uma gargantilha e passou a usar o cristal de pingente.

Cresceu tão convencida dos poderes do anel que aprendeu a expressar emoções através dos nomes das cores. Se não conseguia decidir entre ir e ficar, dizia: estou amarela. Se um pássaro cruzava sua vista pela janela, dizia: me sinto azul clara. Às vezes o cristal líquido mesclava pigmentos e fazia de Carlota uma pessoa complexa. Azul escuro e preto se fundiam no olhar, para não dizer que eram o mesmo; um erro simples de fabricação que resultou numa vida inteira de alegrias manchadas de culpa.

Tinha trinta anos quando foi separada do anel. Arrancaram dela à força, com umas mãos violentas que fizeram partir os elos da corrente. "Tem nada melhor não?", perguntou o dono das mãos, e empurrou Carlota de encontro ao muro. Depois sumiu pela ruela, e todo mundo disse à Carlota: sorte sua que não aconteceu nada. E Carlota não entendia, tomaram seu anel, raptaram todas as cores, tinha lhe acontecido tudo.

Viveu anos de cegueira emocional depois disso. Mirava a parte do peito onde antes pendia o cristal e sofria a dor de um membro fantasma. Coçava os dedos involuntariamente enquanto dormia, num gesto compulsivo para compensar a falta. Andava pelas ruas imaginando as cores dos outros; extraindo pigmentos que escorriam pelos gestos e pelas palavras.

Aprendeu a calcular o que sentia por meio de imitações das expressões faciais alheias. Olhava bem de perto as pessoas em volta dela e reproduzia suas fisionomias até transformar seu próprio rosto em uma cópia. Ajustava as orelhas, torcia os cantos da boca e contraía o nariz até ficar igualzinha a quem estava do seu lado; depois via quais ideias e pensamentos brotavam em sua cabeça e decidia seus sentimentos a partir daí.

Enrugou-se ainda mais nesse processo, porque imitar as feições dos outros às vezes significava contrair-se demais. A aparência que já era de velha foi rápido ganhando novas linhas de expressão, marcando-se em sulcos fundos para eternizar vivências que não eram dela. Quando estava sozinha, descansava o rosto com a letargia de uma tela em branco, esperando pela chegada do próximo estranho que sem saber ditaria seus ânimos.

Estava a ponto de acreditar que nada mais lhe aconteceria na vida quando viu o rouxinol. Tinha seis anos em idade de pássaro, reparou Carlota de imediato, e foi logo abrindo a porta de casa para vê-lo de perto. Era tímido e esquivo, com uma plumagem castanho-ferrugem e um corte na altura do peito. Olharam-se brevemente e ele então alçou voo, mas era tão lento e desencorajado que Carlota pôde segui-lo mesmo com seus passos de velha.

Voou primeiro ao jardim do vizinho, resvalando baixo na grama morta, depois atravessou a rua em direção aos caixotes de lixo e seguiu tremulando pela avenida. De chinelos e óculos de leitura, Carlota perseguiu o rouxinol sem conferir por onde ia e, andando atrás dele, foi se afastando de casa, até estar desorientada e cheia de frio, perdida numa concentração de pessoas que clamavam todas as cores.

Pensou ter visto a cauda castanho-ferrugem entrar pela estação de trem, isso já nos confins da avenida, e foi arrastando os chinelos pela entrada de pedestres em direção às locomotivas. Travou os chinelos em frente ao balcão de informações, atordoada pelas luzes e pelas vozes que embaralhavam seus sentidos. Compreendendo que não mais voltaria a encontrar o rouxinol, Carlota sentiu então, pela segunda vez, que o mundo havia arrancado-lhe as cores.

À volta dela, as paredes e as pessoas descoloriram todas de uma vez só, e, em questão de segundos, tudo era preto, ou então tudo era branco e já não havia distinção em nada. Suas mãos tinham as cores dos trilhos de ferro; seus cabelos, os matizes dos tambores de carga; seus olhos, as nuances finas das nuvens de vapor.

Apoiada aos muros daquele mundo acromático, Carlota vasculhou a multidão em busca de um rosto, na espera de que alguém mostrasse a ela o que sentir ou a que se agarrar a partir dali. Sofria da ânsia de copiar as feições dos outros, porque estava sozinha e perdida, e tinha humores desgovernados, sem saber o nome de nada.

Enxergou através do vapor a silhueta de um homem de chapéu e foi se aproximando dele devagar, com seus óculos antiquados enterrados no nariz. Encontrou-o acostado à bilheteria e a encarar o nada, absorto em um pensamento neurótico sobre seu vício em telenovelas.

Carlota viu a culpa vexatória do homem escorrer numa mancha preta e perder-se pelo chão de mesma cor. Supondo, erroneamente, que os sentimentos dele tivessem algo a ver com a descoloração súbita do mundo, passou a estudar-lhe a face com devoção e minúcia, copiando a contração leve de seu cenho e o arquear discreto de suas bochechas.

Quando enfim pareceu-se com ele tanto quanto duas pessoas não aparentadas podem parecer-se, percebeu que o homem se preparava para entrar em um dos trens e foi tomada pela vontade repentina de fazer o mesmo. Seguiu-o então para dentro do vagão, tomando o cuidado de não variar os músculos do rosto, e sentaram-se os dois em assentos próximos, cada um de frente para o outro.

O chapéu, que agora repousava no colo do homem, tinha palas moles de camurça e uma fivela de pentágono na altura da testa. Era um modelo panamá de copa diamante, pensou Carlota de repente, sem saber por que sabia disso. Então voltou a estudar as feições do homem e reparou que ele chorava.

Eram lágrimas contidas que desciam quase secas, mas as que conseguiam chegar ao chapéu reluziam numa pequena vitória que fazia a camurça das palas brilhar. Carlota ficou um tempo a olhar para aquilo, depois chorou também — não por tristeza ou comoção, mas para não quebrar o espelho que havia se estabelecido entre ela e o homem.

Sem saber o que ele pensava, e sem ela mesma pensar em nada, Carlota sentiu tudo que ele sentia; e quando o homem finalmente parou de chorar, três estações depois, Carlota parou também, e foram os dois tomados de uma tranquilidade breve, seguida de um cansaço violento.

Desceram na mesma parada do trem, a perseguidora e o perseguido, e foram andando em silêncio pela rua sem cores e sem pássaros. Com as palas do chapéu limitando seu campo de visão, o homem não reparou em Carlota, que o escoltava de longe murmurando coisas sagazes e intraduzíveis, com as palavras todas trocadas.

Nos meandros da cidade descorada, o homem de chapéu atravessou uma porta, e, passado um minuto, Carlota atravessou atrás dele, reproduzindo não só as feições de seu rosto, mas também sua forma de olhar para os lados e seu modo de virar a maçaneta.

Entraram os dois em uma sala ampla e bolorenta, com paredes descascadas e um ventilador de pás que pendia do teto. Havia uma dúzia de pessoas sentadas em cadeiras de plástico, arranjadas em disposição meia-lua, conversando baixinho. Carlota arrastou-se com gestos de velha até uma das cadeiras e sentou-se sem dizer nada. À sua frente, o homem de chapéu contemplava coisa nenhuma.

Bem-vindos, disse uma mulher de repente, e o homem de chapéu olhou para ela, e Carlota olhou para ela, e a mulher repetiu, bem-vindos.

A mulher disse então mais algumas coisas que Carlota não escutou, porque naquela hora só podia prestar atenção aos pretos e aos brancos que voltavam a ganhar pigmentos e transformavam-se em roxos, em rosas e em verdes. E a mulher continuou a falar, e depois outras pessoas falaram; disseram seus nomes e que não bebiam cerveja há quatro meses, que não bebiam destilados há um ano, que tinham virado todas as garrafas no mar mas que ainda fumavam cigarros, eram todas as cores ao mesmo tempo, e então o homem de chapéu se levantou e disse:

— Tá difícil pra mim, tô com uma vontade braba de bebida.

E Carlota soube imediatamente que ele mentia, porque imitou seus olhos cerrados, sua língua nos dentes e seu queixo retraído e não sentiu vontade alguma de beber o que quer que fosse. Sentiu, contudo, uma enxurrada de coisas estranhas e menos confessáveis, incluindo um medo irracional de palavras longas, uma aversão por estátuas de cera e uma obsessão por telenovelas.

Conheceu assim os segredos do homem e fez deles também os seus. Voltou para casa naquela noite e precisou invocar esforços sobrenaturais para não entregar todas as horas da madrugada às maravilhas das novelas; ainda que não gostasse de televisão e nunca tivesse assistido a um capítulo que fosse.

Descobriu-se ainda mais suscetível na manhã seguinte, quando abriu a janela de casa e teve que se proteger, tomada de pavores, ao ouvir alguém na rua falar, assim de repente, quem diria que além de palhaço ele era também eletroencefalografista, fazendo Carlota encolher-se de medo diante de uma palavra tão longa.

Foi por estas e por outras que na semana seguinte Carlota acabou voltando à sala ampla e bolorenta, com paredes descascadas e um ventilador de pás que pendia do teto. Bem-vindos, disse uma mulher de repente, e o homem de chapéu olhou para ela, e Carlota olhou para ela, e a mulher repetiu, bem-vindos.

E Carlota estava pronta para confessar tudo sobre seu medo irracional de palavras longas, sua aversão por estátuas de cera e sua obsessão por telenovelas, mas estudou as feições do homem de chapéu pelo canto do olho e descobriu que não eram estes os motivos que o levavam ali naquela noite.

Concentrou-se então em repetir o ranger de dentes do homem, além da curvatura pendular de seu pescoço e do batucar inquieto de seus dedos, e foi subitamente devastada pela saudade de alguém que não conhecia e cujo nome não viria a saber jamais. Foi assim que deixou de estar violeta de medo e passou a estar branca de saudade, daquele dia até a semana seguinte, quando o homem de chapéu passou a sentir outras coisas e Carlota passou a senti-las também.

Tinha agora algo com o que se ocupar, pois os vícios do homem, bem como seus afetos, eram variados e tristes, cheios de remorso, e cabia a Carlota encontrar maneiras de livrar-se das dependências que nunca teve.

Mês a mês, voltavam os dois a lamentar a falta de um alguém desconhecido, ou assim parecia a Carlota, e com certa frequência assustavam-se com as estátuas de cera que visitavam seus sonhos, também os dois em sincronia, além das muitas outras coisas que sentiam e faziam; sempre em segredo, sempre em simultâneo.

Cada encontro com o homem de chapéu reafirmava a tranquilidade resoluta de saber o que sentir, por pior que fosse e por menor que fosse, até que o homem deixou de ser homem para se tornar um cristal líquido no anel, e Carlota deixou de ser Carlota para se tornar um espelho de vícios e afetos.

Aos noventa e quatro anos, morreu Carlota. Tinha a mesma cara de barro partido que teve na juventude; com os cabelos curvados para fora e a língua seca pelas palavras trocadas. Sucumbiu ao fim da vida de uma vez só, atravessando um prisma perpétuo de cores, com a certeza de que morria também o homem; naquela hora, de algum jeito, em algum lado.

AO CENTRO, O ASTRO REI, RODEADO PELOS SEUS PLANETAS

De certeza que quando a luz voltar encontro outra vez.

Custo a acreditar que tenha perdido. Há quatro meses que o observo pela luneta, na penumbra furtiva da sacada, sem que ele me observe de volta. Tem uma forma globular e rochosa, parecida a uma catarata, e espelha uma cor azul-elétrica que me inspira calafrios.

Encontrei-o pela primeira vez por acaso. Vasculhava o céu uma noite, de peito curvado sobre o tripé inclinável de alumínio; mais por entretenimento do que por ambição, já que é de conhecimento público que a contemplação do céu deve ser feita nos campos e não nas cidades. Mas observava o céu mesmo assim, porque me dava vontade.

Vinha esbarrando os olhos em algumas constelações que não me emocionavam, e nem deveriam, já que nada me parece mais arbitrário do que juntar estrelas em formatos inventados. Ao invés disso, buscava na imensidão da noite as formas desconhecidas, os astros celestes memorizados por ninguém, na esperança de cruzar meu olhar com o curso inevitável de um planeta errante.

Passei dias em silêncio à espreita do céu. Esqueci muitas coisas sobre mim nesse tempo, e algumas delas nunca mais voltarei a lembrar, porque foram engolidas pela penumbra. No lugar, acabei inventando outras, a contar com a própria caligrafia com que escrevo agora, que formata curvas livres como às vezes faz o céu. Fui absolutamente feliz durante estes dias em que nada me aconteceu.

É por esta razão que considero seu surgimento como a origem da minha ruína. E pior: fez questão de surgir de repente, arrasando minha serenidade de observadora ociosa e ocupando um espaço que não deveria ser dele. Perturbou-me profundamente no início; mas agora que o perdi, sinto urgência em voltar a encontrá-lo.

Conheci-o por meio de uma virada acidental no curso da luneta. Tentava escapar das indefensáveis constelações estelares direcionando meu olhar para um canto vago do céu; uma lacuna esquecida entre tantos pontos cintilantes, quando o enxerguei pela primeira vez. Escrevi naquele dia: é azul e triste, quase cruel, e orbita sozinho. Assim era. Enfeitiçou-me com uma vibração desconhecida que lembrava a melancolia. Senti muito frio ao olhar para ele, a ponto de ter que interromper minha observação pela primeira vez em dias para me aquecer dentro de casa.

Depois deste primeiro encontro, não voltei a procurá-lo. Começavam a pesar sobre mim meus esquecimentos, e assim decidi suspender a contemplação do céu até que minha cabeça recuperasse a ordem. Apanhava-me de surpresa várias vezes por dia, paralisada em meio a uma atividade qualquer, tentando imaginar para onde vão as memórias quando nos esquecemos delas. Minhas lembranças tornaram-se tortas e corrompidas, como num caleidoscópio esfacelado às partes.

Foi a chuva, enfim, que trouxe ele de volta. Nas noites de chuva posso vasculhar o céu descansada, sem risco de me atrever contra as estrelas. Não há nada para ver além da infinitude úmida e cinzenta, pontilhada ao longe pelas luzes da cidade. Culpo as estrelas pelos meus esquecimentos, pela simples razão de serem o que são: criaturas orgulhosas e aborrecidas, sem consideração pelas memórias dos outros.

Tudo isso para dizer que: chovia quando ele apareceu de novo.

Senti frio antes mesmo de vê-lo. Os pelos de meu braço se ergueram de uma só vez, e por trás da nuca uma unha invisível me arranhou em segredo. Não era preciso olhar para saber que ele estava lá. Mas assim mesmo olhei; e desta vez ajustei a luneta para agarrar suas coordenadas numa posição de vigília definitiva.

Tive a estranha impressão de que ele sabia que estava sendo observado. Não porque tenha feito a cortesia de me observar de volta, mas porque deixou-se mudar de cor sob o peso do meu olhar. Assisti sua superfície rochosa variar em tons de anil e cerúleo, afundando o céu num azul cada vez mais triste e me fazendo sentir coisas cujos nomes desconheço.

Depois disso fiquei obcecada. Passava todo o meu tempo ansiando pela promessa de um pé d'água, porque era na chuva que nos encontrávamos em sossego. Nas noites de céu limpo, eu mal podia vê-lo e talvez até tivesse chegado a pensar que tinha ido embora, se não fosse pelo frio inconsolável que continuava a habitar nossa distância. Passamos a nos encontrar rotineiramente, eu na solitude fresca da sacada e ele no recanto esquecido do espaço; e embora não disséssemos nada, conjurávamos segredos e desconfiávamos um do outro como um par de irmãos manhosos.

Nunca soube o que ele era. Gostava de imaginar que fosse um planeta anão, mais por vaidade do que por razões científicas: descobrir um planeta anão faria de mim um monstro da sabedoria. Falariam assim:" é descrente e confusa, mas descobriu um planeta", e eu engoliria o sol todo de uma só vez para dizer que sim, eu tinha mesmo descoberto um planeta, e não, imagina, não era preciso se referir a mim como um monstro da sabedoria, ainda que a este ponto eu já estivesse ficando acostumada.

Cometi o erro de pensar sobre isso certa vez em voz alta, apoiada pelos braços às telas de fibra da sacada, e ele me censurou com um silêncio genioso que me deixou envergonhada. Depois disso passei a achar que afinal de contas talvez não fosse um planeta, porque os planetas provavelmente têm muito a dizer e aquele era todo silêncio.

Pode ser que fosse um asteroide.

De qualquer forma mandei arrancar as telas da sacada para poder enxergá-lo melhor, e para que não houvesse nada entre nós além de milhares de quilômetros vazios. Sem as telas, era preciso ter cuidado. Um passo em falso podia me atirar de cara ao asfalto, onze andares abaixo, para longe da luneta. E não haveria quem me defendesse. Por isso agora andava nas pontas dos pés feito bailarina, deslizando com as pernas mansas para afugentar o medo.

Não sei em que momento percebi que o campo magnético dele começava a me afetar. Estava tão ocupada tentando salvar minhas memórias do esquecimento que demorei para me dar conta do que se passava com o resto de mim. Desatei a surgir no meio da sacada em momentos fortuitos do dia, sem me lembrar como tinha chegado ou a que tinha vindo, e ficava ali até esgotar a noite. Sofria de desmaios súbitos e sentia frio o tempo todo. Algumas vezes acordava tão perto da beirada que chegava a pensar que estava flutuando, e só não voltei a instalar as telas porque não queria correr o risco de que alguém esbarrasse por acidente na luneta.

Acabei eu mesma esbarrando. Era quarta-feira e chovia, e eu tinha umas olheiras fundas de tanto vigiar o nada. Na noite anterior, havia escrito: *chora sempre depois das seis.* Às cinco e quarenta, vi a chuva encorpar em volta dele até transformá-lo num globo azul-pálido que lembrava uma estátua de gelo. Cruzei os braços ao redor do peito para me proteger do frio violento que me invadia pelas orelhas; pelas meias; pelas pontas das unhas. Lacrimejei. Fiquei ainda um tempo ali a pensar nas coisas, esquecendo-me delas, até que a chuva virou tempestade e derrubou todas as luzes da cidade num só golpe; engolindo a cidade, e eu, e ele. Era quarta-feira e chovia.

Do alto da sacada, me assustei e, no sobressalto da escuridão, tateei em volta em busca das telas removidas, numa dança instintiva e fatal, até encontrar apoio na luneta. Mudei o curso da lente durante o esbarrão e depressa tentei posicioná-la de volta, percebendo de imediato meu erro, mas não encontrei nada para ver no horizonte além das águas fecundas que arrebentavam do céu.

Era quarta-feira e chovia, e a chuva era muita, e a chuva era fria.

AS HORAS

A verdade: manipular o tempo era mais simples do que manipular pó compacto e além disso muito menos arriscado.

Sentado diante do espelho era nisso que Laurentino pensava.

Entre muitos momentos críticos lembrava ele a manipulação bem-sucedida do pó compacto depende de uma aplicação sutil e homogênea pela chamada *zona T* do rosto formada pela testa pelo nariz e pelo queixo e conhecida por suas desagradáveis camadas de oleosidade.

Laurentino não sabia de muitas coisas mas sabia disso. Entre as coisas que Laurentino não sabia estavam fazer contas de cabeça nomear os grandes filósofos abrir garrafas de rolha e colocar vírgulas nas frases. Sabia colocar ponto final e sabia colocar dois pontos sabia até usar travessão mas as vírgulas eram engenhosas e deixavam Laurentino cansado.

Já a arte da manipulação do tempo além de não apresentar qualquer tipo de risco à testa ao nariz e ao queixo provando-se assim imediatamente mais segura também não é de envolver sutilezas. Para manipular pó compacto Laurentino tinha que prestar atenção para manipular o tempo bastava que morresse de tédio.

Ao ritmo de uma pulsação desconhecida Laurentino segurava o pincel de cerdas sintéticas com gestos desprovidos de graça aprendendo seu ofício através da insistência e não da vocação num estado de hiperfoco que beirava a hipnose.

Enquanto o estado de hiperfoco é dificílimo de ser alcançado é seguro dizer que o tédio é um bicho peçonhento que enfia os dentes em quase todo mundo.

Em resumo qualquer um pode aprender a manipular o tempo mas a arte de manipular pó compacto está reservada a um grupo seleto de sortudos com elevada capacidade de concentração.

Considerava-se e com muita razão o mais sortudo dos homens.

Tinha conseguido dominar duas das mais complexas habilidades mundanas a manipulação do tempo e a manipulação do pó compacto sem sucumbir aos riscos naturais de enlouquecer pelo caminho.

Laurentino não podia dar certeza mas calculava que as duas competências tinham começado a crescer nele meio em simultâneo e até que assim fazia sentido porque sua vida desde que podia se lembrar dela vinha sendo ditada por uma longa cadeia de eventos sincrônicos.

Para começar era gêmeo siamês ou seja até nascido junto ele tinha depois aprendeu a andar no mesmo dia em que aprendeu a falar a mãe contava desconcertada e além de tudo perdeu dois dedos ao mesmo tempo o indicador e o médio ambos da mão esquerda justo ele que era canhoto em um lamentável acidente envolvendo um gato selvagem e uma máquina de costura.

Ficou meio zureta depois do acidente porque se a manipulação do pó compacto é complexa com cinco dedos com três então passa a ser de uma dificuldade cirúrgica. Para tentar fazer dinheiro arranjou emprego de vendedor numa loja de maquiagem barata onde passava dez horas por dia espanando produtos e assobiando como um golfinho.

Exercitava a arte do pó compacto às escondidas furtando um ou outro potinho circular quando chegavam as caixas ao estoque. Treinava a mão desfalcada equilibrando um pincel no cotoco era desjeitoso imperfeito bronco denunciava a si mesmo com o rastro translúcido que deixava no chão do armazém na lã do casaco no aço escovado da pia.

Sonhava em ser maquiador de circo imagina a beleza viver rodeado de pano colorido de gente alegre cair na estrada a plateia esperando as marchinhas os malabaristas toda noite uma festa imagina a beleza. O patrão às vezes parecia que caía a ficha das coisas pegava ele devaneando acordado depois fazia as contas no estoque espichava as orelhas ele andava levando produto para casa? De jeito nenhum não senhor é que as caixas às vezes têm coisa faltando.

No banheiro do armazém de frente para o espelho engordurado da pia Laurentino pensava tem gente que faz coisa pior.

E sem culpa descorava a pele com outra camada de pó.

-

Só que a manipulação do tempo demorou mais uns meses para começar a acontecer e foi mais ou menos nessa época que os dedos de Laurentino aprenderam a segurar o pincel de verdade.

Agora já podia cobrir-se de uma camada tão fina tão leve e tão homogênea de maquiagem que ficava difícil acreditar que em suas mãos faltassem partes. Passava menos tempo escondido no banheiro tendo conseguido acelerar sua arte e assim sobrava-lhe uma eternidade de minutos ao léu gastos à toa detrás do balcão num jogo infinito de encarar o relógio e pensar os mesmos pensamentos repetidamente.

Nos dias em que cliente nenhum dava as caras Laurentino podia passar horas e horas absorto à dança dos ponteiros com a boca seca de tanto esperar até que um gotejo acertava-lhe a testa ou uma mosca atravessava-lhe a vista e ele saía do estado hipnótico.

O dreno do ar-condicionado entupido de novo ele pensava e continuava pensando o lodo nos canos faz quantos dias que estou aqui? O pó compacto impecável conferia levando os dedos à testa quantos dias agora? As caixas de papelão no lugar o estoque pela metade duas horas ou uma semana?

Às vezes podia jurar que assistia ao relógio por muitas passagens de hora acossava o tempo de perto para depois descobrir que não tinha estado ali por mais do que uns poucos minutos. Foi se acostumando a esse delírio e ao abismo entre sua percepção e a realidade até perder tanto o controle que já não conhecia nenhum outro estado além da desordem. Quando enfim cedeu por completo as rédeas da sua vida recebeu uma prova estranha de que a dissociação tem lá as suas vantagens e matutou que não podia fazer os ponteiros girarem mais rápido mas talvez pudesse coreografar o tempo em outra direção para fazer retroceder a tristeza.

Mirando o relógio mais uma vez Laurentino deixou que os minutos o atravessassem como flechas ou assim lhe pareceu e ele cheio de pavor viveu sete dias no tempo de um segundo numa abstração súbita que se espalhou como febre.

Com os olhos cravejados no relógio fez isso de novo e de novo.

Por fim entendeu.

Se alguém pedisse que ele se apresentasse Laurentino diria que era ardiloso persistente e lacônico embora ninguém gostasse muito dessas palavras e ele mesmo talvez não soubesse usá-las em público.

Mas era assim que ele gostaria de se apresentar.

Acontecia que na maior parte das vezes alguém se antecipava e usava suas próprias palavras que não incluíam ardiloso persistente e lacônico para apresentá-lo por ele. Esse é Laurentino sabe diziam assim como se já tivessem dito umas coisas a mais sobre ele sigilos que ele não deveria descobrir e então o olhavam com um pouco de pena. E Laurentino respondia eloquente muito prazer belos sapatos mas só na sua cabeça porque ele não era assim tão verbal e nem do tipo de fazer elogios apesar de uma vez terem dito a ele que elogios deixam as pessoas felizes e com gosto de chocolate na boca.

Só que Laurentino não era bom de conversa e ao invés de chocolate sua boca se enchia de um gosto de sopa fria uma espuma rala e sem sal que escorria pela garganta e o fazia ansiar por silêncio.

Laurentino sofria de muitas coisas o silêncio às vezes era a mais grave.

Quando perdeu os dedos na máquina de costura ficou sem falar por três meses inteiros e o pior não foi um protesto ou uma elaboração profunda da perda simplesmente não tinha nada a dizer. Até que um dia três meses depois sentado na mesa de jantar tudo lhe pareceu sem graça como se houvesse algo profundamente errado com o mundo e também com as lentilhas.

Então disse: "falta pimenta".

E voltou a falar não muitas coisas mas por muitas vezes.

Talvez foi por isso que quando começou a manipular o tempo Laurentino achou demasiado fácil tudo que não era verbal virava fascínio era assim com o tempo e era assim com o pó compacto.

Quanto mais olhava o relógio mais devagar o tempo passava.

Foi isso que ele entendeu.

E caso alguém queira saber agora já não fazia diferença que lhe faltassem partes porque Laurentino havia desenvolvido uma destreza tão grande com os pincéis que quando pensava nos dedos perdidos pareciam-lhe coisas que ele um dia tinha carregado sem necessidade. Não dava falta deles mais do que dava falta de umas roupas velhas ou uns fios de cabelo caídos. Com os três dedos ilesos agarrava a haste plástica do pincel e farejava a camuflagem branca que ardia em suas bochechas enquanto o fantasma do outro lado do espelho assistia-o sem comoção.

Laurentino não tinha mais medo.

Desejava em segredo que o chefe entrasse no armazém e gritasse com ele por roubar maquiagem por passar minutos horas anos sentado em frente ao relógio pintava camadas cada vez mais brancas de pó na esperança que alguém reparasse nele cimentando com veemência a parede crespa que agora era sua pele.

Em uma de suas fantasias Laurentino via o chefe surgir de repente atirar caixas de produtos pelos ares fazer máscaras de olhos e paletas de sombras arrebentarem numa cascata de cores até a loja toda estar inundada de rosa azul amarelo era isso que o tédio fazia com Laurentino às vezes mas o chefe nunca gritava e a chispa de raiva crescia porque mesmo as pessoas não verbais de vez em quando precisam ser notadas.

O esfumado terroso dos olhos contrastava com a linha da boca: nas pálpebras uma sombra holográfica cobrindo a pele de castanho e dourado nos lábios um batom acetinado feito de besouro esmagado e chumbo em tom vermelho-vivo preenchendo o contorno escarlate. Laurentino poderia ser atravessado por um exército e continuar intacto. O rosto desaparecido detrás da camada espessa de pó fechava-se numa expressão incógnita com nuvens densas projetando-se sobre suas feições semimortas.

Laurentino avançou pela loja como um peão avança pelo tabuleiro era invisível mudo movia-se às margens do jogo. Com os três dedos da mão esquerda destampou um tubo de batom até revelar o vértice vermelho brilhoso e no centro da parede escreveu com a ponta do batom me chamo Laurentino sou ardiloso persistente e lacônico para uma mão acostumada às minúcias riscar paredes era libertador.

Então Laurentino que era ardiloso persistente e lacônico olhou fixo para o relógio e se concentrou em nada além do tempo sentiu-se absolutamente vazio por uma infinidade de segundos depois por minutos depois pela vida inteira. Quando já não havia nada em si olhou para cima e verificou sem assombro que o relógio tinha parado e depois de sabe-se lá quanto tempo olhando a existência estática dos ponteiros e a sua própria Laurentino finalmente deixou-se levar por um último ato de entrega absoluta à tortura do tédio e assistiu o ponteiro das horas começar a voltar para trás.

Na primeira rotação do relógio viu a si mesmo entrar pela porta da frente com os olhos esfumados a boca acetinada um dois sete passos até o balcão. O ponteiro continuou a girar sempre em sentido contrário e a vida de Laurentino seguiu caminhando para trás numa névoa de regressões não planejadas que o faziam olhar para o ontem.

28

Assistiu a si mesmo espanar maquiagens por meses consecutivos assobiando como um golfinho cada uma de suas fugas ao armazém cada grânulo de pó compacto desperdiçado viu-se retornar à casa um milhão de vezes largar as chaves dormir noites inteiras e quando o ponteiro continuou rodando Laurentino viu-se perder os dedos na máquina de costura passar meses em silêncio sonhar com o circo deixar que a sopa fria inundasse sua boca.

Com o batom fincado na mão aleijada e o corpo desatado de qualquer tempo Laurentino escreveu ferozmente nas paredes contou sua história garranchando linhas delirantes que iam do rodapé ao teto em letras vermelho-vivo entregando palavras e sangue.

Conforme o tubo vermelho diminuía Laurentino ia também alcançando seu fim sentindo-se menor e menor até que o ponteiro deu sua investida final numa volta completa que o levou para muitos séculos antes no princípio de tudo quando o mundo germinava desnudo e Laurentino desapareceu em meio às horas.

OS SONHOS DOS OUTROS

Muitos anos depois, sentada à beira do colchão de molas que viria a ser seu leito de morte, Rosária finalmente confessou: sua filha Carminda havia nascido de um sonho.

E não no sentido poético, como as mães às vezes sonham suas filhas, com a beleza e a graça das pessoas imaginadas. Um sonho mesmo, bem dormido e roncado e babado, dividido em quinze episódios como se fosse novela de rádio. Durante quinze noites seguidas, uma estranha deitou a cabeça no travesseiro e sonhou Carminda em partes, como se a construísse de massinha.

Primeiro foram as mãos: frias e cerradas, com punhos cartilaginosos e umas veias que pulsavam o nada. Depois, os braços: uns pãezinhos tenros esquecidos de assar, brancos de dar dó, ligados às mãos pela musculatura hipotética de fibra e tecido. Rosária deu-se conta muito cedo de que nunca mais dormiria em descanso. Rogava pragas ao diacho verde que tinha amaldiçoado suas noites, com uma saudade chorosa dos tempos em que a escuridão permitia repouso.

Sonhar Carminda foi uma atividade cerebral involuntária. Rosária não planejou. Foi dormir uma noite mais cedo, depois de abandonar pela metade um livro cheio dessas coisas absurdas que os homens escrevem sem se preocupar, e voltou a acordar depois de umas horas, com a testa fria como um defunto e a memória ocupada pela imagem de um punho pré-nascido.

Decidiu não falar com ninguém sobre aquilo, na esperança de fazer o problema ir embora, mas mudou de ideia depois de três dias, quando o desenvolvimento do sonho deu uma guinada súbita e a criança onírica passou a engatinhar pela noite.

Tem muita gente que sonha coisa esquisita, ouviu Rosária depois de confessar a história a uma amiga. E que se ela estava mesmo preocupada, podia consultar uma adivinha do sono, disse assim a amiga, dessas mulheres que ganham dinheiro para explicar os sonhos dos outros.

-

A adivinha do sono era cara e tinha jeito de trambiqueira, mas Rosária fez de conta que não percebeu. Carminda já estava pelas metades quando a sessão deu um rumo, com duração de vinte minutos cravados no relógio, sob a luz débil de uma lamparina na sala de estar.

"A menina parece comigo", disse Rosária em tom de acusação.

Só na noite anterior é que tinha percebido. Estava lá a criança em sua posição habitual, deitada de barriga para cima com a cabeça recostada ao vazio, num silêncio penoso por ainda não lhe terem sonhado as cordas vocais, quando de repente contraiu-se de um jeito que fez Rosária lembrar de si mesma.

Foi um gesto de nada. Torceu-se um pouco para a esquerda, franzindo o rosto como se afastasse mau cheiro, bem como fazia Rosária quando era forçada a decidir-se com pressa. Uma torcida de nariz involuntária, fruto de sua violenta dificuldade em tomar decisões rápidas, e que a deixava com cara de abobalhada diante das situações mais banais. Alguém perguntava: "chá ou café?", e lá ia Rosária com aquela cara de novo, porque mentalmente tinha se preparado para responder "quantas colheres de açúcar?", e qualquer imprevisto no roteiro causava nela rajadas de pânico.

"Sabe", disse a adivinha por fim. "Ter criança é uma forma de remediar a tristeza".

Rosária não soube o que dizer. Não sabia que a tristeza precisava de remédio. Quando ficava triste, tomava banho, como se a dor fosse sujeira. Pagou à adivinha o que devia e terminou a sessão com jeito de abalada, entendendo que aquilo não dependia mais dela. Alguém tinha lhe implantado as ideias no útero.

Tentou parar de dormir para não sonhar mais aquilo, mas as noites eram longas e ela andava cansada.

-

Então nasceu Carminda.

Poucas coisas extraordinárias haviam acontecido a Rosária até aquele dia. Talvez tenha sido por isso que ela acabou acolhendo a menina: para o bem ou para o mal, agora tinha uma prova física de que o mundo também pode ser um lugar de milagres.

Chegou num fardo de cobertores pesados deixado no chão da varanda, largado em meio às caixas de peixe salgado e aos folhetins de domingo. A família achou bonito o gesto de Rosária, que tomou logo Carminda como sua, mas os anos passaram e as semelhanças entre as duas começaram a causar alvoroço.

Para despistar desconfianças, Rosária estabeleceu um regime de ferro nos cuidados com o cabelo da filha, vermelho e revolto como o seu, talhando-o no comprimento com uma tesoura de poda, primeiro mês a mês e depois semanalmente, para não deixar que crescesse além da altura do pescoço. Fez também o possível para que Carminda criasse o hábito de vestir-se em roupas de homem, oferecendo de presente uma quantidade inquietante de calções e sapatos sem salto, e passou a advogar ferozmente contra a ilusão vulgar de que todas as pessoas ruivas se parecem, ainda que absolutamente ninguém pensasse isso ou achasse-a parecida com quem quer que fosse.

A verdade é que sentia um medo terrível de ser descoberta. A possibilidade de ter que dar explicações sobre aquilo que nem ela entendia assombrava Rosária à noite, fazendo-a conjurar pavores em meio aos lençóis. Atravessava madrugadas imaginando cenários em que era acusada de bruxaria, com seu vexame exposto em praça pública e sua filha confinada a inspeções monstruosas. Passou os primeiros anos da maternidade em isolamento severo, entregando semanas inteiras à solidão do exílio, e só voltou a sair de casa quando teve certeza de que Carminda não desapareceria pela manhã, em silêncio e sem deixar rastros, como fazem às vezes os sonhos.

Junto dos amigos, em fingimento, Rosária lamentava: "não parece nada comigo".

Baixinho, eles cochichavam: "até que parece com ela".

Depois disso ficou uns bons anos sem voltar a sonhar.

Dormia um sono sem olhos, descontinuado pelas dezenas de despertares acidentais ao longo da madrugada. Tinha se tornado sensível aos sons da noite, deixando que inquietações variadas estragassem suas chances de repouso, e empurrava a escuridão à sua frente num estado permanente de vigília.

Por um tempo, viveu assim para sempre.

Até a noite em que os ventos cruzaram diferente e Rosária mergulhou num sonho vívido e demorado, onde viu a si mesma deitada na cama, meio acordada e meio dormindo, com o corpo iluminado por uma vela queimada até a metade.

Vislumbrou os detalhes do sonho com precisão matemática quando acordou, e não foi preciso pensar muito para saber que aquela não seria uma centelha isolada. Lembrou da primeira vez em que sonhou os punhos cartilaginosos de Carminda, ainda tão indigentes de vida, e encontrou uma familiaridade qualquer no presságio fragmentado que iniciava dentro de si.

Desta vez, rendeu-se à fatalidade das noites sem qualquer resistência, abraçando o agouro do destino como se fosse um velho amigo. Ansiava pela continuação do sonho, confiada a ela noite após noite, em pequenas doses de profecia onde via a si mesma no quarto, às vezes deitada, às vezes sentada junto à cabeceira da cama, com a vela a queimar cada vez mais depressa.

"Havia um tempo em que as noites eram para dormir", disse Rosária a ninguém em particular.

Mas não se queixou mais do que isso. Era agora uma espectadora compulsiva da própria sina, contentando-se em viver à margem dos conteúdos conscientes enquanto esperava pelo próximo fragmento de sonho. Não tinha como adivinhar por quanto tempo aquele ciclo se desenrolaria: quinze noites, como havia sido para nascer Carminda, ou um período muito maior, dividido noite a noite pelo curso de uma vida até esgotá-la de tanta espera.

Fosse como fosse, já não tinha como fugir. Sentiu mais uma vez que algo definitivo sucedia em sua vida, mas não soube dizer o que, porque este novo sonho parecia-lhe tedioso e impreciso, e a criação do seu destino agora se erguia em meio ao nada.

Daria para imaginar que Rosária se chatearia de sonhar de novo e de novo com coisa nenhuma, mas depois de dezenove noites seguidas daquela amolação sem sentido, acordou com o discernimento nítido e irrefutável de que sua vida precisava de remendas.

Dali em diante, passou a cuidar de seus assuntos com um novo senso de urgência, sem saber bem por quê, arrumando coisas aqui e ali como se tivesse recebido um ultimato de ordem. Tratou de ir ao dentista, trocou a roupa de cama e a toalha de mesa, jogou fora a comida velha e espanou o pó das janelas. Deitava todas as noites religiosamente às oito horas, deixando um pequeno apinhado de folhas de louro ao pé da cama para fazer o inconsciente vingar. "É que o louro ajuda a destravar as ideias", disse a ela alguém, e a essa altura já não havia motivos para duvidar de mais nada.

Mas voltava a se decepcionar pela manhã, quando se dava conta de que o destino mais uma vez não tinha cedido às suas barganhas. Nada mudava no sonho além do pavio da vela, cada vez mais curto e pendido para o lado, numa escalada contínua de finitude anunciada. E então lá ia Rosária recolher as folhas de louro e levá-las para repousar ao sol, desejosa de que o dia passasse rápido para que ela pudesse tentar suas simpatias de novo.

Já vinha repetindo essa rotina lunática há mais de um mês quando decidiu que era hora de contar ao mundo a verdade sobre Carminda. Foi movida pela mesma pressa intuitiva que a levou a trocar os lençóis e ir ao dentista, e assim tratou do assunto com a mesma importância, como se não passasse de um item a mais em sua lista de afazeres.

Disse simplesmente: "Carminda veio de um sonho".

Mas tinha se acostumado tão bem a viver às escondidas com aquele segredo que, quando finalmente decidiu revelá-lo, não encontrou o tom e nem a ocasião apropriados para fazê-lo.

E Carminda nem sequer escutou, porque estava distraída no quarto ao lado, sem saber que sua existência era diagnosticada ao mundo em voz alta.

Então Rosária voltou a repetir por aí: "Carminda veio de um sonho".

Depois de tantos anos vivendo em sigilo, era bom acertar as coisas em voz alta. Mas ao invés das acusações e da condenação pública que esperava, Rosária conseguiu apenas olhares de complacência, como se tivesse demorado tempo demais para contar a verdade e agora já não houvesse espaço no mundo para mais uma confissão.

Acabou se exilando na revelação tanto quanto havia se exilado no segredo; e não tendo encontrado forças para convencer a ninguém, foi cansando da vida dos despertos e passando cada vez mais tempo em vias inconscientes. Atravessava dias e noites sem despertar, sempre presa no mesmo sonho, com o pavio da vela cada vez mais curto, até que o fio de algodão desceu suficiente para lamber a cera; e apagou-se enfim a chama, e esvaiu-se o lume, e terminou-se Rosária.

SOBRE A AUTORA

Flávia Farhat é escritora e jornalista. Publicou seu primeiro livro em 2021 e desde então vem apostando na ficção como principal forma de expressão artística.

Este livro foi produzido no Laboratório Gráfico
Arte e Letra, com impressão em risografia
e encadernação manual.